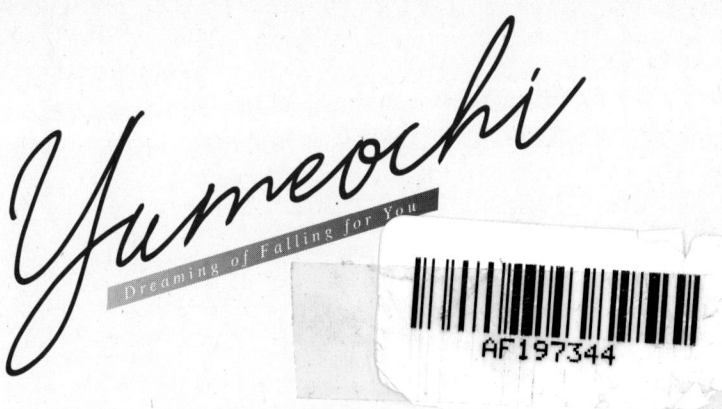

YUMEOCHI ~YUME DE BOKURA WA KOI NI OCHIRU~
© 2023 by Ryoma Kitada
All rights reserved.
First published in Japan in 2023 by SHUEISHA Inc., Tokyo.
German translation rights in Germany, Austria, German-speaking Switzerland
and Luxembourg arranged by SHUEISHA Inc. through VME PLB SAS, France.

Deutschsprachige Ausgabe / German Edition
© 2024 Crunchyroll SA
CH-1007 Lausanne
1. Auflage

Aus dem Japanischen von Yuko Keller

Programmleitung: Hideki Iyama / Lizenzkoordination: Ai Kono
Redaktion: Frederike Demarczyk / Herstellung: Sonja Lesch
Deutsche Logo- und Covergestaltung: Jessy Knipprath
Lettering: Paolo Gattone, Chiara Antonelli
Druck und Bindung: GGP Media GmbH, Pößneck

ISBN 978-2-8324-7155-5

FWVPP

UWAAAH!

...
WIRKLICH
GEKLAPPT!

DAS
HAT JA
...

... DAS NOCH
KRASSER IST ALS
DAS?

WAS WÜRDE
PASSIEREN, WENN
ICH EIN HEFT
REINLEGE,
...

ABER
MOMENT
MAL ...

SP4H

Comic Eros

FORTSETZUNG
FOLGT IM
BONUSKAPITEL
VON BAND 2!

... KÖNNTEST DU MICH VIELLEICHT EINCREMEN?

PLUMPS

SUN SCREEN

KEINE SORGE, DIE CREME IST WASSERFEST.

FSHHAAAA

DARUM GEHT'S DOCH GAR NICHT!

JA, ABER ... MEINST DU, DAS IST IN ORDNUNG?

ICH, TSUTOMU CHONO, HABE EINES TAGES EIN MERKWÜRDIGES BUCH GEFUNDEN, MIT DEM ICH IM TRAUM IN MEINE OBERSCHULZEIT ZURÜCKREISEN KANN, WENN ICH ES BEIM SCHLAFEN UNTER MEIN KOPFKISSEN LEGE.

ABER EINE SACHE BESCHÄFTIGT MICH NOCH.

WAS WÜRDE PASSIEREN, WENN ICH EIN SCHMUTZIGES HEFTCHEN MIT DIESEM BUCH ZUSAMMEN UNTER MEIN KISSEN LEGE?

UND ZWAR:

EINEN VERSUCH IST ES WERT!

BDUM

BDUM

ZZZ

ZUFÄLLIGERWEISE HABE ICH SO EIN HEFT IN MEINEM BÜCHERREGAL.

... EINE BESSERE JUGEND ER- LEBEN?

YUMEOCHI – Band 1 – Ende

MERKST DU DENN KEINEN UNTERSCHIED ...

... ZWISCHEN MEINEM ÄUSSEREN BEIM LETZTEN MAL IN DER BUCHHANDLUNG UND DEM HEUTE?

DAS IST NICHT KOMISCH.

DEINETWEGEN KONNTE ICH MICH ÄNDERN.

... ABER DANK MEINER TRÄUME ZIEHE ICH MIR JETZT DIE SACHEN AN, DIE ICH IMMER SCHON MAL AUSPROBIEREN WOLLTE.

BISHER HABE ICH NUR MÖGLICHST UNAUFFÄLLIGE KLAMOTTEN GETRAGEN, ...

... DASS ICH ÜBERHAUPT HINGEGANGEN BIN.

ES IST MEINE EIGENE SCHULD, DASS ICH MEINE NEGATIVEN ERINNERUNGEN AN DIE OBERSCHULZEIT IMMER NOCH MIT MIR RUMSCHLEPPE. ICH HAB MICH EINFACH NICHT GETRAUT, SIE ANZUSPRECHEN.

DIE KLASSE IST NICHT DARAN SCHULD.

MANCHMAL STELLE ICH MIR VOR, DASS ICH EIN GANZ ANDERER MENSCH WERDEN KÖNNTE, ...

KOMISCH, ODER?

... WENN ICH NUR NOCH MAL MEINE OBERSCHULZEIT WIEDERHOLEN KÖNNTE.

S... STIMMT! WIE VIELE JAHRE IST DAS HER?

LANGE NICHT GESEHEN.

L...

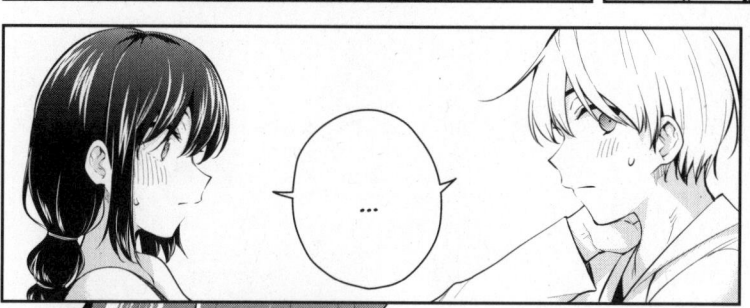

...

SOWEIT ICH MICH ER- INNERN KANN, HABE ICH DIR ALLERDINGS NIE MEINE NUMMER GEGEBEN.

WAS TUST DU HIER?

Bitte entschuldige die Seche letztes Mal. Kłennen wir beim Klassentreffen mal reden?

HÄ? DU HAST MICH DOCH GEFRAGT, OB ICH AUCH KOMME.

DARUM WOLLTE ICH DICH FRAGEN, WO DU SIE HERHAST.

ICH HÄTTE DOCH NICHT GLEICH DEN LADEN VERLASSEN MÜSSEN, NUR WEIL AGEHA NICHT DA WAR!

ICH HABE MICH NICHT VERÄNDERT.

ICH HÄTTE DIE ANDEREN JA TROTZDEM ANSPRECHEN KÖNNEN.

HATTE ICH SCHISS, DASS SIE SICH NICHT AN MICH ERINNERN KÖNNTEN?

ICH WOLLTE MIT DEM TRÄUMEN MEIN LEBEN ÄNDERN.

ABER DAS IST VÖLLIG ABSURD.

JA, STIMMT SCHON.

... UND SOGAR SCHUL-ABBRECHER.

SCHUL-SCHWÄNZER, SITZENBLEIBER ...

IN UNSERER KLASSE GAB'S VIELE PROBLEM-SCHÜLER.

WAR JA NUR EIN SCHERZ.

QUATSCH! DU HAST IHN MIT EINEM MITARBEITER VERWECHSELT.

BIST DU SCHON SO BETRUNKEN? DER IST DOCH AUCH EIN GAST!

ETSCHULDI-GUNG, KANN ICH NOCH EIN BIER HABEN?

SRRT

HA HA HA HA HA!

VIELEN DANK FÜR IHREN BESUCH!

MEINE NACHRICHT HAT SIE ALSO NICHT ERREICHT.

SIE IST NICHT DA.

JA, HAB ICH, ABER DIE HÄLFTE HAT NICHT MAL GEANTWORTET.

!

HAST DU WIRKLICH ALLE AUS UNSERER KLASSE ANGESCHRIEBEN?

SCHADE EIGENTLICH. ABER NICHT ALLE HABEN IHRE OBERSCHULZEIT GENOSSEN.

KEIN WUNDER. VIELE HABEN WÄHREND DER PAUSEN NUR GEPENNT ODER MIT DEM HANDY GESPIELT.

GRRT

IMMER MIT DER RUHE. DU BIST HIER, UM WAS ZU ESSEN.

B DU M
B DU M

HÖ?

ENTSCHUL-DIGUNG, NOCH EIN GLAS BIER BITTE!

UND WO IST AGEHA?

W NN
W NN

HAT ES SCHON ANGE-FANGEN?!

RAN
RAN

NATÜRLICH ERINNERE ICH MICH NOCH AN DIE NUMMER, DIE SIE MIR IM TRAUM GEGEBEN HAT ...

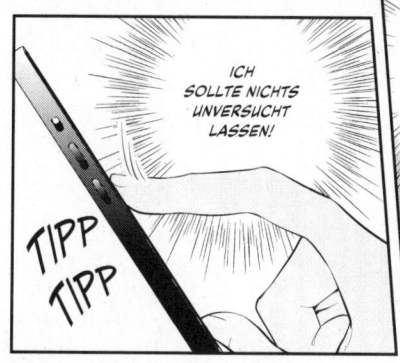

ICH SOLLTE NICHTS UNVERSUCHT LASSEN!

TIPP TIPP

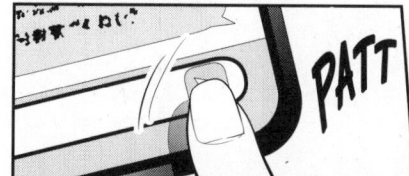

PATT

HOFFENTLICH LIEST SIE MEINE NACHRICHT!

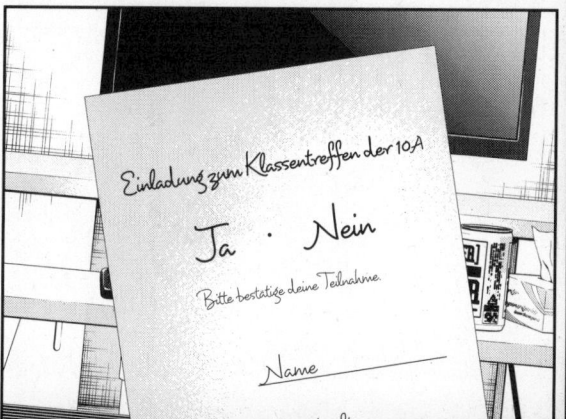

Einladung zum Klassentreffen der 10A

Ja · Nein

Bitte bestätige deine Teilnahme.

Name

ICH HAB NULL BOCK AUF EIN TREFFEN MIT MEINEN ANDEREN MITSCHÜLERN ...

DOOOOM

DAS IST DIE CHANCE, AGEHA IM REALEN LEBEN WIEDERZU-SEHEN!

ABER ...

NEIN. SOLANGE DIE CHANCE BESTEHT, AGEHA ZU SEHEN ...

HM, MOMENT MAL. IST SIE ÜBERHAUPT DER TYP FÜR SOLCHE TREFFEN?

ICH WÜRDE GERN VORHER WISSEN, OB SIE KOMMT, ABER ICH HAB JA IHRE KONTAKTDATEN NICHT.

Ja

KRIT

Bitte bestätigung

2

DANK DES TRAUMS WEISS ICH IMMERHIN, WO SIE WOHNT.

VIELLEICHT KÖNNTE ICH DORT AUF SIE WARTEN?

NEIN, QUATSCH! ICH BIN DOCH KEIN STALKER!

ICH MUSS EINEN ANDEREN WEG FINDEN!

VROOOO

KLONK

EIN KLASSENTREFFEN MIT DEN LEUTEN AUS DER OBERSCHULZEIT?

Einladung zum Klassentreffen der 10A

Ja · Nein

Bitte bestätige deine Teilnahme.

Name

Anschrift

Tel.

ABER WOHER WISSEN DIE, DASS ICH HIER WOHNE? HABEN MIR DAS MEINE ELTERN WEITERGELEITET?

KLAPP

!

DIE FRAU, DIE WIE AGEHA AUSSAH, IST AUCH NICHT NOCH MAL IM LADEN GEWESEN.

WAS ERWARTE ICH DENN EIGENT-LICH?

HAH ...

AUCH HEUTE IST SIE NICHT IN MEINEM TRAUM ERSCHIENEN.

果報は寝て待て

FWURP

* DAS GLÜCK KOMMT ÜBER NACHT.

... BEVOR SIE ÜBERHAUPT RICHTIG AN-GEFANGEN HAT?

IST UNSERE FREUNDSCHAFT SCHON WIEDER VORBEI, ...

ICH WERD SIE EINFACH NOCH MAL BE-SUCHEN UND DANN KÖNNEN WIR UNS SICHER WIEDERSEHEN.

VIELLEICHT HAT SIE HEUTE KEINE ZEIT ZUM TRÄUMEN.

NEIN, GIB NICHT SO SCHNELL AUF.

...

HM, HAT SIE IHNEN VIELLEICHT GESAGT, WARUM?

ES TUT MIR LEID, TSUTOMU.

ICH DANKE DIR FÜR DEINEN BESUCH, ABER SIE KANN GERADE NICHT.

AKA ... WENN SIE AUF- WACHT, RICHTEN SIE IHR BITTE AUS, DASS ICH IHR GUTE BESSERUNG WÜNSCHE?

KANN ES SEIN, ...

SIE SCHLÄFT UND SCHLÄFT UND WILL GAR NICHT AUFWACHEN.

NEIN, DAS WEISS ICH AUCH NICHT.

!

... DASS SIE NICHT MEHR IN DIESEM TRAUM IST?

ICH WOLLTE MICH NUR EIN BISSCHEN LÄNGER MIT IHNEN UNTERHALTEN. ABER SCHON GUT! DANN FAHR ICH JETZT NACH HAUSE.

DAS IST GENAU WIE DAMALS ... BEIM DATE MIT FRAU YAMAKI.

MOMENT MAL ...

DAS KOMMT MIR BEKANNT VOR.

ICKS

ICH MUSS MIT AGEHA REDEN.

ICH MACH NICHT NOCH MAL DENSELBEN FEHLER!

TIP TIP

‹ Ageha

ASAKURA

Am nächsten Tag ...

SIE IST SPÄT DRAN.

LEUTE, AUF EURE PLÄTZE!

WENN SIE AUCH DIESEN „ZEITENSCHLAF" PRAKTIZIERT, WIRD SIE SICH BESTIMMT FREUEN, DASS WIR IM SELBEN BOOT SITZEN.

VIELLEICHT MAG SIE MICH NICHT MEHR.

NEIN, SIE HAT GESTERN GESAGT, DASS SIE ETWAS ER-LEDIGEN MUSS. AUSSERDEM ...

KOMMT SIE HEUTE WIRKLICH NICHT?

ALSO DANN, BEGINNEN WIR MIT DEM UNTER-RICHT.

NANU? AGEHA IST HEUTE NICHT DA?

ACH! JETZT FÄLLT MIR GERADE EIN, DASS ICH HEUTE NOCH DRINGEND WAS ERLEDIGEN MUSS!

TSUTOMU, TUT MIR LEID! DU MUSST NACH HAUSE GEHEN!

HÄ?!

GNN GNN GNN

DIESE REAKTION ...

SORRY!

BA DAM DAM

SIE IST ALSO GENAUSO WIE ICH?

HAH HAH

#5
Don't you want to live
your youth without
regrets this time?

Yumeochi

Dreaming of Falling for You

SIE SPÜRT NICHTS, OBWOHL ICH KEINERLEI RÜCKSICHT GE- NOMMEN HABE. DAS HEISST ...

?

SORRY FÜR DIE DUMME FRAGE, ABER ...

... KANN ES SEIN, DASS DU AUCH IN EINEM TRAUM BIST?

WIE KANN ICH HERAUS-FINDEN, OB SIE AUCH TRÄUMT?
ICH HAB'S!
LASS UNS DOCH MAL ZU ZWEIT SPIELEN!
KÖNNEN WIR MACHEN.
WER VER-LIERT, BE-KOMMT EINE STRAFE.
!
JA, SEHR GERN!

...

AGEHA?

„NOCH NICHTS"?! WAS HATTEST DU MIT MIR VOR?!

UWAH

K... KEINE SORGE! ICH HAB DIR NOCH NICHTS GETAN!

...

WOLLEN WIR NICHT VIELLEICHT WEITER-SPIELEN?

UND ... WAS MACHEN WIR JETZT?

DA DRÜBEN?

SORRY! DA DRÜBEN HAT EBEN DER WECKER GE- KLINGELT ...

WENN ICH NOCH MAL EINSCHLAFE, TRÄUM ICH DANN VIELLEICHT WEITER?

FWUPP

HM? WAS HAT SIE VORHIN GESAGT?

WAS IST ...

TSUTOMU, WILLST DU NACH DEM ABSCHLUSS AUF DIE UNI?

IRGENDWAS STIMMT NICHT MIT IHR.

... DENN JETZT LOS?

WIE KOMMST DU DA JETZT DRAUF?

KANN ES SEIN, DASS ...

HÄ?

BOFF

H...

HAST DU DAS GESEHEN?!

HAH

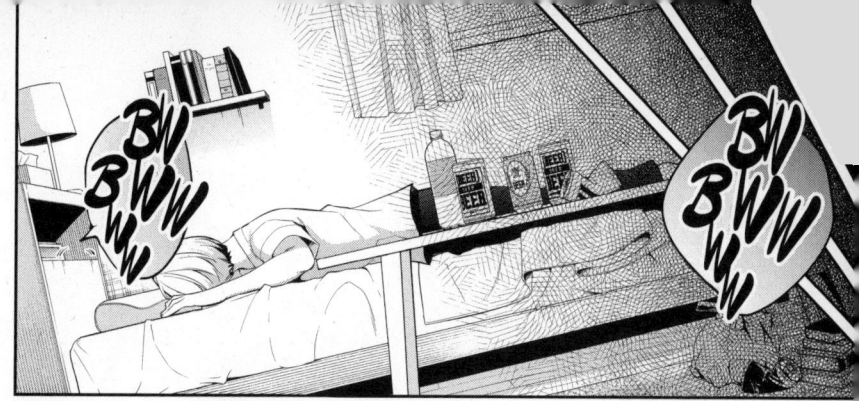

MANN, ES WAR
GERADE SOOO
SPANNEND.

ICH HÄTTE DEN
WECKER NICHT SO
FRÜH STELLEN
SOLLEN.

ICH TRÄUME ZWAR, UM LEBENSERFAHRUNG ZU SAMMELN, ABER ...
... ICH HÄTTE NICHT ERWARTET, DASS ICH GLEICH MEIN ERSTES MAL IM TRAUM ERLEBE!
BWWW
WA...
BWWW
BWWW
... PLÖTZLICH SO MÜDE ...
BWWW
JETZT WERDE ICH ...
BWW

BIN ICH EINGESCHLA-FEN?

FWU

PP

JA, ABER NUR GANZ KURZ.

UWAH

KLOPF, KLOPF...

AGE-HÄSCHEN, ICH MACH DIE TÜR AUF, OKAY?

KLACK

WAS SOLL DAS HEISSEN?!

AGEHÄSCHEN, DU HAST DICH ABER DOCH GANZ SCHÖN VERÄNDERT IN LETZTER ZEIT...

ICH HÄTTE NICHT GEDACHT, DASS SIE SO GUT IM JUDO IST.

SO VIELE POKALE VON JUDO-WETT-KÄMPFEN.

!

BAMM

ABER JA ... SO AUS NÄCHSTER NÄHE, FÄLLT MIR AUF, DASS SIE EINEN RICHTIG DURCHTRAINIERTEN KÖRPER HAT.

BAT SCH

NH ...

NEIN, TSUTOMU! REISS DICH ZUSAM-MEN!!!

#4
Are you
Time Sleeping,
too?

Yumeochi

Dreaming of Falling for You

SIE SCHLÄFT?!

WAS IST ...

... DENN JETZT LOS?

HÄ?

WANK

BOFF

?!

DEINE MUTTER IST DOCH ZU HAUSE!

AGEHA?!

YOU DIED

HA HA HA HA HA!

URG ...

DAS IST NICHT BESONDERS NETT!

VIDEO-SPIELE SIND VIEL LUSTIGER, WENN MAN JEMANDEM BEIM SPIELEN ZU-SCHAUEN UND SEINE KOMMENTARE AB-GEBEN KANN.

JA ... ETWAS, DAS MEHR SPASS MACHT!

NEIN, NICHT DA ...

NOCH WEITER RUNTER.

NEIN, SCHNELLER!

SO?

SIE IST MANCHMAL EIN WENIG NEBEN DER SPUR, ABER SIE IST EIN LIEBES MÄDCHEN.

JA, GERNE DOCH. ICH BIN TSUTOMU CHONO. ES FREUT MICH, SIE KENNENZU-LERNEN!

BITTE SEI FREUNDLICH ZU IHR.

HERRJE-CHEN!

GEH BITTE EINFACH INS WOHN-ZIMMER!

ABER GOTT SEI DANK BIST DU DOCH NICHT AUF DIE SCHIEFE BAHN GERATEN.

AGEHA?

JA, GENAU!

ICH SPIELE BLOSS MIT IHM!

D... DIESE ANTWORT IST ETWAS IRRE- FÜHREND!

ACH SO?

NEIN, ICH BIN NUR HIER, WEIL SIE MIR NETTERWEISE ANGEBOTEN HAT, MIR BEIM LERNEN ZU HELFEN.

OOOH

NICHT DOCH! MEIN KLEINES AGEHÄS- CHEN, ...

... BIST DU ETWA AUF DIE SCHIEFE BAHN GE- RATEN?

SAG ICH JA ...

HAST DU DESWEGEN MIT JUDO AUFGEHÖRT?

WENN DU EINEN FREUND HAST, HÄTTEST DU MIR DAS RUHIG SAGEN KÖNNEN.

NEEEIN!!!

MAMA! WAS REDEST DU DENN DA?!

HM? DANN HAST DU NICHT WEGEN IHM ANGEFANGEN, DICH ZU SCHMINKEN?

E... ER ...

IST ER EIN NORMALER FREUND?

SST

TATA RP

TWOPP

SS

SSSSK

IST DAS
WIRKLICH
NÖTIG?

WINK
WINK

UNSER HAUS IST HIER.

NATÜRLICH NICHT.

DAS IST UNSER DOJO.

LOGISCH.

ICH BIN WIEDER DA ...

MNBL

ASAKURA

MNBL MNBL

MEINE MUTTER IST BESTIMMT IM WOHNZIMMER. SEI LEISE, DAMIT SIE NICHTS MIT- BEKOMMT.

O... OKAY ...

ICH WILL KEINEN STRESS KRIEGEN.

HÄ?

Meine Cloud
Notiz

Dinge, die ich mit ihm tun will

Date
✓ Kuscheln am Mot...
✓ Kontaktdaten ta...
Ein Date zu...

W... WAR
DIE NOTIZ
VORHIN KEIN
IRRTUM?!

WAS
HAT SIE
DENN NOCH
ALLES MIT
MIR VOR?

UND?
WAS SAGST
DU?

SE...

127

PAT

Fertig

Meine Cloud

Notiz

Dinge, die ich mit ihm tun will

✔ Date
✔ Kuscheln am Morgen
· Kontaktdaten tauschen
· Ein Date zu Hause
·

!!!

NEIN, HAB ICH NICHT.

(NUR GANZ KURZ.)

PUH

BLUSH

H...

HAST DU DAS GESE- HEN?!

GIBST DU MIR VIELLEICHT DEINE NUMMER?

ACH JA, DIE HABEN WIR NOCH GAR NICHT GETAUSCHT.

KÖNNEN WIR GERN MACHEN.

SST

ALLES OKAY?

UAH!

KLONK

SCHSCH

JAAA, SO IST ES GUT!

W... WAS IST GUT?

ICH WOLLTE DEINE HAARE GLÄTTEN, WEIL DU IMMER SO ZERZAUSTE HAARE HAST.

AGEHA
IST NOCH
NICHT DA.

GR
RT

120

ICH MUSS IMMER WIEDER DARAN DENKEN.

VIELLEICHT WAR DAS MEINE EINZIGE CHANCE, IM REALEN LEBEN MIT AGEHA ZU SPRECHEN.

FÜR DEN TAG, AN DEM ICH NOCH MAL SO EINE CHANCE BEKOMME, ...

... BRAUCHE ICH MEHR LEBENS-ERFAHRUNG! ALSO ...

... SCHNELL WEITER-TRÄUMEN!

V... VIELEN DANK ...

NEIN, DAS IST DOCH NICHT DAS, WAS ICH SAGEN WOLLTE!

DIESER MANGA SIEHT SEHR SPANNEND AUS.

IHRE STIMME KLINGT NACH AGEHA.

TAPP

IST DOCH KLAR.

WEGEN DER TRÄUME FÜHLE ICH MICH MIT IHR VERTRAUT, ABER EIGENTLICH HABEN WIR IN DER OBERSCHULE KAUM MITEINANDER GEREDET.

... DASS SIE MICH NICHT ERKANNT HAT ...? ODER KEIN INTERESSE AN MIR HAT.

ABER WENN SIE WIRKLICH AGEHA IST, HEISST DAS, ...

HRGS

ENTSCHUL-
DIGUNG!
J... JA?!
KANN ICH DAS BITTE BEZAHLEN?
TSCHING
JA ...
...
ZUPP
ZUPP
VIELEN DANK.
JA?!
BDUM
AH ... ÄHM ...

ICH WARTE, BIS SIE MICH ERKENNT!

DANN BLEIBT NUR NOCH DIE DRITTE OPTION:

CHOMO

DOMP

E... ENTSCHULDI-GUNG!

IRGENDWIE SPÜRE ICH IHRE BLICKE AUF MIR ...

SWT FWR

SPÄH

VIELLEICHT BILDE ICH MIR DAS NUR EIN. DAS WÄRE JA RICHTIG PEINLICH!

IST SIE WIRKLICH AGEHA?

WENN DU NACH FÜNF JAHREN ...

... WAS WÜRDEST DU TUN?

... ZUFÄLLIG EINER ALTEN KLASSENKAMERADIN BEGEGNEST, MIT DER DU IN DER OBERSCHULZEIT KAUM GESPROCHEN HAST, ...

NEIN, NEIN! DAS TRAU ICH MICH NIEMALS!

ERSTE OPTION: FREUND-LICH AN-SPRECHEN.

WN~ WN~

SO WÜRDE ICH DAS NORMALERWEISE MACHEN, ABER IN LETZTER ZEIT TAUCHT SIE FAST JEDE NACHT IN MEINEM TRAUM AUF!

ZWEITE OPTION: IGNORIE-REN.

Yumeochi

Dreaming of Falling for You

ICH GLAUBE JA GAR NICHT, DASS ER DORT WIRKLICH ARBEITET ... ICH BIN NUR HIER, WEIL ICH MIR EINEN MANGA KAUFEN WILL.

GUT!

HEY, DU MUSST DICH NICHT RECHTFERTIGEN!

HERZLICH WILLKOMMEN!

ICH KAUFE DEN MANGA, DEN ICH LESEN WOLLTE, UND GEH WIEDER NACH HAUSE.

ABER WAS WOLLTE AGEHA ...

WAS WOLLTE TSUTOMU ...

... IN DIESEM MOMENT SAGEN?

ICH HÄTTE IHN WÄHREND DER SCHULZEIT WENIGSTENS MAL NACH SEINEN KONTAKTDATEN FRAGEN KÖNNEN ...

BOFF

VER-
DAMMT!
SCHON
WIEDER!
ES LIEF
GRAD SO
GUT!
OJE ...
ICH BIN WIEDER
EINGESCHLAFEN,
OHNE MICH UM-
ZUZIEHEN.

104

TSUTOMU, WILLST DU NACH DEM ABSCHLUSS AUF DIE UNI?

WIE KOMMST DU DA JETZT DRAUF?

!

...

TAPP

DAS NENN ICH MAL EINE BESCHEIDENE LEBENSPLANUNG ...

HMM, ALSO ...

WEIL ICH MIR GERADE GEDANKEN MACHE, WIE ICH SPÄTER MAL LEBEN MÖCHTE.

DAS IST EINE REALISTISCHE OPTION!

... WERDE ICH WÄHRENDDESSEN BESTIMMT IN EINEM ANTIQUARIAT HIER IN DER NÄHE JOBBEN, STATT DARÜBER NACHZUDENKEN, WAS ICH NACH DEM UNIABSCHLUSS MACHE.

SELBST WENN ICH AUF DIE UNI GEHE, ...

ZETER

MECKER

WAS DU MAGST, SOLLTEST DU ALS ERSTES ESSEN.

DAS WAR DAS LETZTE STÜCK!

ICH HAB SIE EXTRA AUFGE- HOBEN!

HEY, DAS WAR MEINE ERDBEERE!

STIMMT, DIESE ERD- BEERE SCHMECKT RICHTIG GUT.

GNAG GNAG

HAPS

PFFT!

E... ENT- SCHULDIGUNG ...

VER- ZEIHUNG, ...

... KÖNNTEN SIE BITTE ETWAS LEI- SER SEIN?

... SO GELACHT WIE HEUTE?

WANN HABE ICH DAS LETZTE MAL ...

HA HA HA HA!

AAH ...

GRNG

ZITTER
ZITTER

WRU
SCH

DIE
ZEIT IST
UM! PECH
GEHABT.

ZACK

GRML

HMM,
LECKER!
♥

HNG

?

DAS IST GENAU DAS RICHTIGE FÜR MICH, ABER DAS DARF ICH MIR NICHT ANMERKEN LASSEN!

WENN ICH MICH FREUE, HABE ICH VERLOREN!

TA DAA

SCHÖN, DASS ES DIR GEFÄLLT.

GRINS. GRINS.

IM REALEN LEBEN MUSS ICH AN MEINE FIGUR DENKEN, ABER IM TRAUM KANN ICH SO VIEL ESSEN, WIE ICH WILL!

OH! ICH WAR SO AUF DIE TORTEN FOKUSSIERT, DASS ICH IHN GLATT VERGESSEN HABE.

SKRAAAH!

HUWAAH, ICH BIN SO GLÜCKLICH! ♡

E... EIN SÜSSIGKEITEN-PARADIES?!

JEMAND, DER SO ANSPRUCHS-VOLL IST WIE ICH, WIRD SICH NICHT SO EINFACH FREU...

KLACK

PLIIIIIINK

UND? WAS SAGST DU?

SP... ÄH...

HN

NG

WAS IST DAS FÜR EINE REAKTION?!

HACH, DAS WAR SEHR UNTERHALT-SAM.

SCHÖN, DASS DU SPASS HATTEST ...

GNNN

DAS?!

NICHT DER FILM, SONDERN DEINE REAK-TION.

ICH HÄTTE DA SCHON WAS IM SINN. WOLLEN WIR HINGEHEN?

JA! ICH BIN GESPANNT, WAS JETZT KOMMT!

DOCH!

ÄH, HAST DU NICHT AUCH LANGSAM HUNGER?

PERVERS-LING! ❤

HAST DU GEGUCKT?

GEWONNEN!

WAS GRINST DU?

SCHON GUT.

ABER WENIGSTENS SEINEN VERSUCH KANN ICH WÜRDIGEN.

KLACK

!!!

TA

DAA

E... EINE DOPPEL-LIEGE?!

HÄÄ? ICH FRAG EHER DICH, OB ES DIR NICHT PEINLICH IST!

OH NANUUU, DA HAB ICH WOHL FALSCHE PLÄÄÄTZE GEKAUFT.

WENN DIR DAS ZU PEINLICH IST, LASS ICH DIE SITZPLÄTZE TAUSCHEN.

ABER WENN ES
LANGWEILIG WIRD,
GEHE ICH NACH
HAUSE, OKAY?

EINVERSTANDEN!

ICH
HÄTTE NICHT
ERWARTET,
DASS ER
VERSUCHT,
DIE INITIATIVE
ZU ERGREI-
FEN!

GADONK

ACK!

V... VER-
ZEIHUNG!

ES IST
SO LUSTIG,
MIT EINEM
UNERFAHRENEN
JUNGEN ZU
SPIELEN!

KI
HIHI

Wahres Alter:
21 Jahre

ABER
ES IST JA
NUR EIN TRAUM.
DA KANN ICH
RUHIG MAL ÜBER
DIE STRÄNGE
SCHLAGEN.

DIESE
GRANDIOSEN
REAKTIONEN
VERLEITEN MICH
JEDES MAL DAZU,
ES ZU ÜBER-
TREIBEN.

IM REALEN LEBEN KÖNNTE ICH SO WAS NIEMALS!

WENN ICH GEWUSST HÄTTE, DASS DAS SO VIEL SPASS MACHT, HÄTTE ICH ES DAMALS SCHON GETAN ...

KHI HI HI! ER IST GANZ STEIF.

OH!

KLONK KLONK

FLUPP

DAS IST DIE CHANCE!

SST

GRRT

E... ECHT
JETZT?!

A...
AUF GUTE
ZUSAMMEN-
ARBEIT.

AUF GUTE
ZUSAMMENARBEIT,
TSUTOMU.

DAS
WIRD SICHER
LUSTIG!

ICH DARF
WIRKLICH
NEBEN
TSUTOMU
SITZEN?!

Und
in der
letzten
Reihe!

HABT IHR SCHON NEUE FREUNDE GEFUNDEN?

HEUTE WERDEN DIE PLÄTZE GETAUSCHT!

Lose

RAUN

UFF ... DAMIT VERBINDE ICH NUR NEGATIVE ERINNERUNGEN.

PLATZWECHSEL ...

DAMALS MUSSTE ICH MICH AUF DEN UNTERRICHT KONZENTRIEREN, WEIL ICH GANZ VORNE SASS.

ACH JA!

BDUM

SST

WURP

WURP

SCK... SCHON
OKAY! ICH MACH
NEUERDINGS KRAFT-
TRAINING! ALSO
MUSST DU MIR GAR
NICHT HELFEN!

TAP

AU!

DOBAMM

TSUTOMUS
SÜSSE REAKTIONEN
SIND BALSAM FÜR
MEIN BETRÜBTES
HERZ.

MEINE GÜTE!
ER KANN
DOCH RUHIG
MEINE HILFE
ANNEHMEN
...

... UND GENIESSE MEIN LEBEN AN DER OBERSCHULE.

IN DIESEM TRAUM TRAGE ICH FRISUR UND MAKE-UP SO, WIE ICH ES MICH DAMALS NIE GETRAUT HÄTTE, ...

WAS MIR ABER BESONDERS VIEL SPASS MACHT, IST ...

GRRT

BRAUCHST DU HILFE?

DAS SIEHT ABER SCHWER AUS.

ZUCK

KLACK

DER EINZIGE, SPASS, DER MICH MEINEN FRUST VERGESSEN LÄSST, IST ...

VOR EIN PAAR TAGEN ...

... TRÄUMEN.

... HABE ICH AUF DER STRASSE EINEN ALTEN MANGA GEFUNDEN. SEITDEM TRÄUME ICH IMMER WIEDER VON MEINER OBERSCHULZEIT.

PUH ...

BOFF

AM LIEBSTEN WÜRDE ICH SOFORT KÜNDIGEN, ABER ICH MUSS MEINEN STUDIENKREDIT ZURÜCKZAHLEN.

Hier wird man wenigstens gut bezahlt.

BITTE SCHÖN!

HABE ICH DEN FALSCHEN WEG GEWÄHLT?

... BIN ICH SCHLIESSLICH IN EINEM STUDIUM GELANDET, DAS MICH KAUM INTERESSIERT. UND EINE RICHTIGE BEZIEHUNG HATTE ICH AUCH NOCH NICHT.

BIS ZUM ENDE DER MITTELSTUFE WAR JUDO MEIN LEBEN.

DOCH DADURCH, DASS ICH MICH IN DER OBERSCHULE ALS STREBERIN AUSGEGEBEN HABE, ...

HAH
...

LOS
GEHT'S
...

#1

Yu **You**
Me **May**
O **All**
Chi **Choose**

WAS ER WOHL GERADE MACHT?

Dreaming of Falling for You

* „Yumeochi" ist ein japanischer Begriff dafür, wenn sich am Ende herausstellt, dass alles nur ein Traum war.

KLASSE
TSUTOMU
CHONO
...

CHONO, TSUTOMU

NEDA,

FLATT

Abschluss-album

AUF DER OBERSCHULE HABE ICH KAUM EIN WORT MIT IHM GE- WECHSELT.

WARUM TAUCHT ER PLÖTZLICH IN MEINEN TRÄU- MEN AUF?

Ageha Asa- kura (21)

Hobbys: Nichts Nennenswertes
Beziehungserfahrungen:
Nichts Nennenswertes
In der Mittelstufe war sie
Athletin im Judo-Kader.

Abschluss-album

Zur gleichen Zeit ...

ES HAT SICH SO ECHT ANGEFÜHLT, DASS ICH ZUERST GAR NICHT GEMERKT HABE, DASS ICH TRÄUME.

HRM, DAS WAR ABER EIN REALER TRAUM.

WARUM BIN ICH IMMER NOCH SO AUFGEREGT? DAS WAR BLOSS EIN TRAUM! IM REALEN LEBEN WEISS ER NICHTS ÜBER MEIN GEHEIMNIS.

KNACK

... MEINE EHEMALIGE KLASSENKAME-RADIN. WARUM BESCHÄFTIGT SIE MICH SO SEHR?

SIE IST ...

DAS IST NUR DIE GENERALPROBE FÜRS ECHTE LEBEN!

HEY, REISS DICH ZUSAMMEN!

AGEHA IST NUR EINE FIGUR AUS MEINEM TRAUM!

ICH DARF MICH NICHT WIRKLICH IN SIE VERLIEBEN!

ACH, DAS WIRD SCHON.

PUH, JETZT FÜHLE ICH MICH GUT! ♪

ES WÄR DENEN VIEL ZU PEINLICH, WEITERZUSAGEN, DASS SIE GEGEN EIN MÄDCHEN VERLOREN HABEN.

WAR DAS WIRKLICH SO GUT? AM ENDE LÄUFT ES FÜR DICH WIEDER SO WIE IN DER MITTELSTUFE ...

ICH WEISS NICHT.

UND DU, TSUTOMU ...

VIELLEICHT WOLLTE ICH AUCH IRGENDWAS TUN, WEIL ICH DEINE VERÄNDERUNG GESEHEN HABE.

WARUM HAST DU MICH BESCHÜTZT, OBWOHL ICH UNS DA REINGERITTEN HABE?

JA ... IST NICHT SO SCHLIMM WIE'S AUSSIEHT.

DOMP

HM? ÄH ...

WANK

ICH KANN MIR ALSO AUCH IM TRAUM SCHADEN ZUFÜGEN, OBWOHL ICH KEINE SCHMERZEN EMPFINDE.

ALLES OKAY?!

UND? WAS SAGT IHR JETZT?

WENN'S IMMER NOCH NICHT REICHT, KANN ICH NOCH MEHR.

W....

GROOOOOo

LASST UNS GEHEN, BEVOR SIE DIE POLIZEI RUFEN UND UNS DIE SCHULD IN DIE SCHUHE SCHIEBEN.

HUFF

...

WARUM VERLETZT DER SICH SELBST? WEIRDO ...

WIR HABEN DAMIT NICHTS AM HUT.

WAPP

...

ÜBRIGENS ...

KANN ICH EUCH ZEIGEN, WIE MAN NOCH VIEL MEHR SPASS IM DOJO HABEN KANN ...

SST

HEY, WARUM
SEID IHR WEG-
GELAUFEN?

IHR
HABT UNSERE
WERTVOLLE
PAUSE RUINIERT!
WIE WOLLT IHR
DAS WIEDERGUT-
MACHEN?

ICH
KOMM ALLEIN
KLAR. AGEHA,
GEHST DU EINEN
LEHRER RUFEN?

ABER DU ...

... ZITTERST
TOTAL ...

N... NEIN,
ES IST ALLES
OKAY!

GHA HA HA!

STRIKE!

WNN

HEY DU, PITCHER! HAST DU SCHISS, ODER WAS?

!

?!

AGEHA?!

GNN

DAS SIND DIE AUS DER ZWÖLFTEN, DIE STÄNDIG ÄRGER MACHEN.

NICHTS WIE WEG HIER. WENN DIE MITBE- KOMMEN, DASS WIR SIE BEOBACHTET HABEN, SIND WIR GELIEFERT.

DAS HEISST,
SIE HAT DAMALS
DIE GESAMTE OBER-
SCHULZEIT BIS ZUM
ABSCHLUSS DIESE
STREBERIN-MASCHE
DURCHGEZOGEN.

ICH?
ACH, DAS
IST NICHT
DER REDE
WERT.

UND WAS
FÜR EIN TYP
WARST DU IN
DER MITTEL-
STUFE?

JA,
STIMMT,
HA HA.

WAS MICH
INTERESSIERT,
IST DER TSUTOMU
VON HEUTE.

VON HEUTE?
WAS MEINST
DU ...

ALSO HABE ICH IHNEN GESAGT, DASS ICH DEM KLUB BEITRETE, WENN SIE ES SCHAFFEN, ...

... GEGEN MICH ZU GEWINNEN. DOCH ICH HABE GEGEN JEDEN GEWONNEN.

SEITDEM BEZEICHNEN SIE MICH ALS „JUDO-QUEEN".

HAST DU EINE AHNUNG, WIE MAN SICH ALS MÄD-CHEN FÜHLT, ...

... WENN MAN SO EINEN SPITZNAMEN BEKOMMT?!

IN DIESER SEKUNDE HABE ICH ENTSCHIE-DEN, ...

... AUF EINE OBERSCHULE ZU GEHEN, AUF DER MICH KEINER KENNT, ...

... UND MEINE JUGEND NACHZUHOLEN. ALS VÖLLIG NEUER MENSCH!

SIE IST JA VIEL SENSIBLER, ALS ICH DACHTE ...

HEY, STOPP! MEINE KNOCHEN!

GP GP GRKK ...

WIE IST EINE WIE DU KLASSENSPRECHERIN GEWORDEN?

BR BR Z Z

WENN DU DAS WEITERERZÄHLST ... KANNST DU WAS ERLEBEN!

NA GUT ... DIR KANN ICH SCHON VERRATEN, WAS DAMALS PASSIERT IST ...

WARUM MACHST DU DIR DARUM SO EINEN KOPF?

ICH DACHTE, DIESE ROLLE KÖNNTE MICH VOR GERÜCHTEN SCHÜTZEN.

ALS ICH IN DIE MITTELSTUFE KAM, WURDE ICH VON DER JUDO-AG DER SCHULE GEBETEN, MITZUMACHEN. ICH HABE ZWAR ABGELEHNT, DOCH SIE LIESSEN NICHT LOCKER.

JUDO

... UND AUCH ICH MUSSTE VON MEINEM VATER JUDO LERNEN – ZUR SELBSTVERTEIDIGUNG.

ICH HAB DIR DOCH ERZÄHLT, DASS MEINE FAMILIE EINE JUDOSCHULE BETREIBT. SIE IST IN DIESER BRANCHE ZIEMLICH RENOMMIERT ...

?

NA DANN,
KOMM MAL
MIT.

J... JA,
DAS HAB
ICH DIR JA
VERSPRO-
CHEN.

PVH

KLACK

ARCHIV

W...
WAS
HAT SIE
VOR?

KLACK

EIN
ARCHIV-
RAUM?

HIER
LANG.

HAST DU DICH SCHON ENTSCHIEDEN, WELCHEM KLUB DU BEITRITTST?

EINSAM

BLA BLA

LASS UNS ZUSAMMEN NACH HAUSE GEHEN!

RAW

RAW

... DASS ICH IN DER OBER-SCHULZEIT KEINE FREUNDE HATTE.

DRIP

ICH HAB VÖLLIG VERGESSEN, ...

VIELLEICHT KANN ICH JETZT ...

HA

... MEINE VERLORENE JUGEND NACHHOLEN!

DING DONG DING DONG

ABER DANN MUSS ICH DIESE TRÄUME GENAUSO ERNST NEHMEN WIE MEIN ECHTES LEBEN.

DAS WAR'S FÜR HEUTE.

... KOMMT IRGENDWANN DER TAG, AN DEM ICH MEINE MINDER-WERTIGKEITS-KOMPLEXE ÜBERWINDE!

UND WENN ICH ERST MEHR SELBST-VERTRAUEN HABE, ...

GUT, SETZ DICH WIEDER HIN.

HAT DER MANGA, DEN ICH GEFUNDEN HABE, ...

... WIRKLICH MAGISCHE KRÄFTE?

DAS IST WEDER EIN „ZEITSPRUNG" NOCH EINE „ZEITREISE" ...

VIELLEICHT IST ES EINE ART PLACEBO-EFFEKT, ABER ...

... SONDERN EIN „ZEITSCHLAF"!

JEDEN-FALLS KANN ICH IM TRAUM FÜNF JAHRE ZURÜCK-REISEN, WENN ICH DAS BUCH UNTER MEIN KISSEN LEGE.

LERNEN, ROMANTIK UND HOBBYS ... FÜR NICHTS DAVON HABE ICH MICH RICHTIG INS ZEUG GELEGT.

WENN ICH MIR DIESE ART DER TRÄUME ZUNUTZE MACHE, ...

IMMER DACHTE ICH: „ICH SCHAFFE DAS NICHT, MIR MANGELT ES AN LEBENS-ERFAHRUNG."

... KANN ICH VIELLEICHT DIE GANZE LEBENSERFAH-RUNG NACH-HOLEN, DIE ALLE ANDEREN HABEN!

GRRT!!

WARUM WERDE ICH AUSGERECHNET JETZT GAR NICHT MÜDE?!

DU PENNST UND SCHREIST IM UNTERRICHT? GANZ SCHÖN MUTIG, TSUTOMU.

KOMM NACH VORN UND LÖS DIE AUFGABE.

J... JA...

ES HAT GEKLAPPT!

IST DAS ALSO DIE FORTSETZUNG VOM LETZTEN TRAUM?

Dienstag, 11. April

11. APRIL...

!

AUSSERDEM SPÜRE ICH, DASS VON DIESEM BUCH EINE MYSTERIÖSE KRAFT AUSGEHT ...

UM DIE WIRKUNG DES BUCHES ZU VERIFIZIEREN, ...

Im Traum verliebt

... MUSS ICH NOCH EINMAL SCHLAFEN!

Eine Stunde später ...

BITTE MACH, ...

... DASS ES KLAPPT!

AH, JETZT WEISS ICH, WARUM! DIESER MANGA IST SCHULD AN DEM SELTSAMEN OBERSCHUL-TRAUM.
MAN SAGT, DASS MAN VON EINEM BUCH TRÄUMT, WENN MAN ES UNTERS KOPFKISSEN LEGT.
...
Gaogl
Im Traum verliebt
Gaogle Su
TIPP TIPP
0 Ergebnisse
ine übereinstimmen
rsuchen Sie es
achten Sie weite
TIPP
JETZT FÄLLT MIR AUF, DASS AUF DEM COVER AUSSER DEM TITEL GAR NICHTS STEHT! WEDER AUTORENNAME NOCH VERLAG NOCH IMPRESSUM.
ABER FÜR EIN DOJINSHI* IST DIE AUS-STATTUNG EIGENTLICH ZU PROFESSIO-NELL ...
WAS IST DAS FÜR EIN MANGA?
* IM SELBSTVERLAG VERÖFFENTLICHTER MANGA

* DAS GLÜCK KOMMT ÜBER NACHT

HM? SIE SIEHT ...

... OHNE BRILLE BESSER AUS!

GUTEN MORGEN!

MORGEN!

ICH WUSSTE DOCH VON ANFANG AN, ...

... DASS DAS EIN TRAUM IST!

WA NK

ICH ERFAHRE AGEHAS GEHEIMNIS, DAS SONST NIEMAND KENNT ... TRÄUME ICH ETWA?

HM? NA KLAR!

DO MP

DU HAST IMMER GEWIRKT, ...

... ALS WÜRDEST DU DICH IN DER SCHULE UNWOHL FÜHLEN.

MIST, ES IST DOCH KOMISCH, WENN ICH SO WAS SAGE! HIER IM TRAUM HABEN WIR UNS ERST JETZT KENNEN-GELERNT!

WAS MEINST DU ...

ACH! VERGISS EINFACH, WAS ICH GESAGT HABE!

WENN DU DAS SCHON AM ZWEITEN SCHULTAG ERKENNST, WAR MEINE TARNUNG DURCHSCHAU-BAR.

SCHON OKAY.

?

WAS DENKST DU GERADE?

AH, JETZT ERINNERE ICH MICH ...

ICH DACHTE DAMALS, DASS IRGENDWAS BEI IHR NICHT STIMMT.

DESHALB WOLLTE ICH AN DER OBERSCHULE EIN UNAUFFÄLLIGES LEBEN ALS STREBERIN FÜHREN.

JUNGS HATTEN SCHON IMMER ANGST VOR MIR, WÄHREND DIE MÄDCHEN MICH ANGEHIMMELT HABEN, WEIL ICH DIE TOCHTER EINES JUDOMEISTERS BIN.

PAMM

!

BITTE ERZÄHL NIEMANDEM, ...

... WAS PASSIERT IST!

AUSSERDEM IST MEINE OBERSCHULZEIT SCHON EWIG HER.

WARUM BIN ICH SO AUFGEREGT? DAS IST DOCH EH NUR EIN TRAUM!

BDUMM

DU WIRST NOCH BEREUEN, DASS DU ALS MANN GEBOREN WORDEN BIST.

DU SUCHST DIR ZUR ERFÜLLUNG DEINER SEXUELLEN FANTASIEN EIN MÄDCHEN, DAS IN EINEM DOJO AUFGEWACHSEN IST? SEHR MUTIG!

KNACK KNACK

GR OOO

HÄÄÄ?!

DIESE SCHULUNI-FORM ... GEHST DU AUF MEINE SCHULE?

!

S... SORRY, DAS WAR NICHT MIT ABSICHT!

KCH KCH

AGEHA, DAS WAR DOCH EIGENT-LICH NIE DEINE ART ...

WIR SIND IN EINER KLASSE ...

BITTE?

VR OOO

SIE SAH IMMER AUS WIE EINE, DIE FLEISSIG FÜR GUTE ZENSUREN LERNT.

FÜR MICH EIN UNERREICHBARES MÄDCHEN.

SHRR

Sie schläft im Stehen ...

WENN ICH MICH RECHT ERINNERE, IST DAS UNSERE KLASSENSPRECHERIN AGEHA ASAKURA.

ABER DAS IST EH BLOSS EIN TRAUM! ICH WERD SIE MAL ANSPRECHEN, WENN SIE AUFWACHT.

SST

SRUKT

VROOO

SCHARFE KURVE

DU HAST MICH GE- RETTET!

VIELEN DANK!

LÄCHEL

VROOO

BDUM BDUM

ICH HÄTTE NICHT GEDACHT, DASS ES KLAPPT ... ABER VIELLEICHT KANN ICH HIER IM TRAUM MEHR ERREICHEN.

HAH

HAH

ICH ERINNERE MICH DARAN.

DAMALS HAT SIE DIESEN BUS VERPASST, WEIL ICH IHR DIE TÜR NICHT AUFGEHALTEN HABE.

!

HALT, BITTE! HALT!

FSSSH

ABER WENIGSTENS HIER IM TRAUM KANN ICH DAS FÜR SIE TUN!

GRAPP

BDM

BDM

WILLST DU MIT?!

ICH TRÄUME VON MEINEM ERSTEN TAG IN DER ZEHNTEN KLASSE.

AH, VERSTEHE.

DAS KOMMT MIR IRGENDWIE BEKANNT VOR.

DAS HEISST ...

STILLE

IN EINEM KLARTRAUM KANN MAN DAS GESCHEHEN SELBST KONTROLLIEREN, HABE ICH GEHÖRT, ABER SO EINFACH IST ES WOHL NICHT.

TSUTOMU ...

VERWANDLE DICH IN EIN HÜBSCHES MÄDCHEN!

MOMENT! WARUM GEH ICH IN DIE SCHULE, WENN DAS NUR EIN TRAUM IST?!

Ganz schlechte Angewohnheit!

SO EINEN REALEN TRAUM HAB ICH NOCH NIE GEHABT ...

VR OOO

* SCHLAFMÜTZE

FLATT

ARRRGH! WENN ICH MEINE ZEIT AN DER OBER-SCHULE NICHT KOMPLETT VERPENNT HÄTTE, ...

WUNNN

WUNNN

... WÄR ICH VIELLEICHT AUCH MAL IN DEN GENUSS SO EINER ROMANZE GEKOMMEN!

DIE STORY IST NICHT WIRKLICH NEU.

DER PROTAGONIST VERLIEBT SICH IN EIN MÄDCHEN, DAS ER NUR IM TRAUM SEHEN KANN? HMM ...

SSt

... WÄRE ICH HEUTE ZUFRIEDENER MIT MEINEM LEBEN ...

DANN ...

HAH ...
WAS MACHE
ICH HIER ÜBER-
HAUPT?

ALS MANGA-
LIEBHABER TUT
MIR DAS RICHTIG
WEH ...

WOMP

DIE
SOLLEN ALLE
VERNICHTET
WERDEN?

Im Traum verliebt

BR
CK

!

HA HA ...
DAS PASST
GUT ZU MIR
...

„IM
TRAUM VER-
LIEBT"?

POFF

POFF

HÖ?

SCHICHTPLAN

Schicht-plan

NEIN, ICH HABE IHRE SCHICHTEN GEÄNDERT. SIE HAT AUS FAMILIÄREN GRÜNDEN NUR NOCH AN DEN ANDEREN WOCHENTAGEN ZEIT.

FLA...T

ENT-SCHULDIGUNG, CHEF? KOMMT FRAU YAMAKI HEUTE NICHT?

EGAL. BRINGEN SIE JETZT DIE RAMSCH-BÜCHER INS LAGER?

JA ...

ICH WOLLTE MICH BEI IHR ENTSCHULDIGEN, ABER SIE WILL MICH GAR NICHT MEHR SEHEN!

DOMP

?!

DAS STIMMT NICHT!

SRT

ICH HABE ALL MEINEN MUT ZUSAMMENGE-NOMMEN, ...

... ABER SIE HABEN WOHL KEIN INTERESSE AN MIR.

VERSTEHE ...

GELD FÜRS TAXI BRAUCHE ICH NICHT.

ICH WOLLTE MICH NUR EIN BISSCHEN LÄNGER MIT IHNEN UNTERHALTEN, ABER SCHON GUT! DANN FAHR ICH JETZT NACH HAUSE.

SCHOCK

W... WAS HABE ICH FALSCH GEMACHT?!

TSCHÜSS!

VR OOOO

SO EINE
CHANCE
BEKOMME ICH
NIE WIEDER
IN MEINEM
LEBEN!

SO EINE
SITUATION
...

DIE
ANTWORT, DIE
AM WENIGSTEN
ABNEIGUNG
HERVORRUFT,
LAUTET:

S...

ABER
WIE ANT-
WORTET MAN
IN SO EINER
SITUATION?

... KENN ICH
DOCH AUS
ROMANCE-
SERIEN!

BBm

BBm

BBm

BBm

WENN ICH ES
SO FORMULIERE,
KANN SIE SELBST
ENTSCHEIDEN, UND
ICH KANN VERMEI-
DEN, DASS SIE EIN
SCHLECHTES GEWIS-
SEN BEKOMMT.

SIE HABEN
JA VORHIN DIE
HÄLFTE BEZAHLT,
ALSO ÜBERNEHME ICH
GERNE DAS TAXI.

FOAAAAH
-o~
DAS WAR SCHÖN! ICH HAB VÖLLIG DIE ZEIT VERGESSEN.
DANKE FÜR DIESEN TOLLEN ABEND!
MIR HAT ES AUCH SPASS GEMACHT.
ABER WARUM HAT SIE MICH PLÖTZLICH ZU EINEM DATE EINGELADEN?
WIRKE ICH SO EINSAM?
N... NA DANN, WOLLEN WIR LANGSAM MAL NACH HAUSE GEHEN?
...
GN
APROPOS NACH HAUSE ...
ICH GLAUBE, ICH HABE DIE LETZTE BAHN SCHON VERPASST.

JA, DAS KANN ICH MACHEN ...

... KÖNNEN SIE MIR VIELLEICHT AUCH MAL MANGAS EMPFEHLEN, DIE SIE GERN LESEN?

ACH, UND ...

DAS IST DOCH NICHTS BESONDE- RES.

SIE KENNEN SICH MIT MANGAS ECHT GUT AUS!

DANKE!

WOLLEN WIR DANN ...

... HEUTE ABEND ZUSAMMEN ESSEN GEHEN? SO KÖNNTEN WIR UNS MAL IN RUHE UNTERHALTEN.

!

VIELEN DANK!

KNEIP!

ECHT JETZT?!

SECOND HAND REN & BÜCHE

FALLS SIE MIT SO EINEM WIE MIR WIRKLICH AUSGEHEN WOLLEN, GERN!

Grillhaus

HERZLICH
WILLKOMMEN.

HEY,
HEY, HERR
KOLLEGE!

!

SST

VIELEN
DANK!

ICH SAGE
ZWAR, DASS
ICH GERNE
TRÄUME,
...

... DOCH
WELCHEN
TRAUM ICH
MIR FÜR MEINE
ZUKUNFT ER-
FÜLLEN WILL,
WEISS ICH
NICHT.

DOCH ICH SCHLAFE WEGEN MEINER VERANLAGUNG ZWÖLF STUNDEN AM TAG. DAS HEISST, DASS ICH REIN RECHNERISCH CIRCA 30 PROZENT WENIGER LEBENSERFAHRUNG HABE ALS MEINE ALTERSGENOSSEN.

ICH DENKE, DASS DIE DURCH-SCHNITTLICHE SCHLAFDAUER EINES STUDENTEN ETWA SIEBEN STUNDEN BETRÄGT.

ICH HABE MAL AUS REINER NEUGIER NACHGERECHNET, WAS ICH DURCH MEIN VIELES SCHLAFEN SO AN ZEIT VERLOREN HABE.

... NOCH EINE FESTE FREUNDIN HAT, FAST DIE EINZIGE UNTERHALTUNG.

ANDERER-SEITS IST DAS TRÄUMEN FÜR JEMANDEN WIE MICH, DER WEDER FREUNDE ...

KEINE AHNUNG, OB ES WAS DAMIT ZU TUN HAT ODER NICHT: ICH HABE ERST EIN JAHR NACH MEINEM SCHULABSCHLUSS EINEN STUDIEN-PLATZ FÜR MEINE DRITTE WAHL BEKOMMEN.

MEIN LANGWEILIGER ALLTAG KOMMT EINEM ALBTRAUM NÄHER ALS TATSÄCHLICHE ALBTRÄUME.

MAN SAGT: "KINDER, DIE VIEL SCHLAFEN, WACHSEN BESSER."

ABER DIESEN SPRUCH MAG ICH NICHT.

SST

DER SPRUCH WIRD GENERELL IN EINEM POSITIVEN ZUSAMMENHANG VERWENDET, ...

FLUPP

... DOCH ZU VIEL SCHLAF HAT NICHT NUR POSITIVE AUS-WIRKUNGEN.

AK ... ÄKM ...

DENN ...

BDUM

BDUM

YUMEOCHI
Dreaming of Falling for You

1

CONTENTS

#1   You May All Choose   1

#2   What was she going to say?   68

#3   What the hell happened?   113

#4   Are you Time Sleeping, too?   143

#5   Don't you want to live your youth

without regrets this time?   163

 # Bonus-Manga   190

You May All Choose

SCHON
SEIT MEINER
KINDHEIT HABE
ICH GERNE
GETRÄUMT.

UND ES
LÄSST MICH FÜR
EINEN MOMENT
DIE LANGWEILIGE
REALITÄT VER-
GESSEN.

DENN
IM TRAUM
IST ALLES
ERLAUBT.

IN
LETZTER
ZEIT HABE
ICH IMMER
DENSELBEN
TRAUM.

UND DER
...